mAX
MaLaBaR

M

EOIN COLFER

MAX MALABAR

El tesoro del pirata Crow

Ilustraciones de Tony Ross

montena

Título original: *The Legend of Captain Crow's Teeth*
Publicado originalmente por Puffin Books, Penguin Group, Londres, 2006
Diseño de la cubierta: Departamento de diseño de Random House
Mondadori / Judith Sendra

Primera edición: julio de 2008

© 2006, Eoin Colfer
© 2008, Random House Mondadori, S. A.
  Travessera de Gràcia, 47-49. 08021 Barcelona
© 2008, Teresa Camprodón Alberca, por la traducción
© 2006, Tony Ross, por las ilustraciones del interior y de la cubierta

Printed in Spain – Impreso en España

ISBN: 978-84-8441-434-6
Depósito legal: B-25.656-2008

Compuesto en Fotocomposición 2000, S. A.
Impreso en Liberdúplex, S. L. U.
Sant Llorenç d'Hortons (Barcelona)

Encuadernado en Encuadernaciones Roma

GT 1 4 3 4 6

Para Alessandra

CAPÍTULO I

Chapurreo de bebé

En mi familia solemos pasar las vacaciones en una caravana junto al mar. Nos apiñamos todos en un dormitorio del tamaño de un maletero de coche. Dormimos con la ventana abierta; si tienes hermanos, ya sabrás por qué.

Tengo cuatro hermanos: Marty, Donnie, Bert y M. P. Dice mamá que podemos causar más daños nosotros en diez minutos que un huracán.

Probablemente pensaréis que exagera. Probablemente os diréis: «No pueden ser tan malos».

Bueno, pues sí lo son. Os voy a contar unas cuantas historias sobre mis hermanos. A ver, empezaremos por el más pequeño.

Quinto hermano: M. P. (Medio Palmo). Pensaréis que un niño de cinco años no puede causar tantos problemas, pero lo que a M. P. le falta de tamaño, lo compensa con ingenio.

Un día, en una visita a nuestro primo pequeño, M. P. se dio cuenta de que los bebés pueden
hacer lo que quieran y nunca se meten en líos, así
que decidió volver a ser un bebé. De modo que,
a partir de aquel día, durante seis meses comple-
tos, M. P. solo habló con lengua de trapo, como
los bebés. Nosotros sabíamos que estaba fingiendo, pero a mamá y papá casi les dio un ataque.

He aquí un ejemplo de conversación:

Papá: Vamos, pequeñín. ¿Qué es esto que tengo
    en la mano? [Un plátano.]

M. P.: Mmmmmm… Caca.

Papá: No, no es caca. Piensa, M. P. Es una fruta.
    Tu fruta favorita, es un plá…

M. P.: … tano.

Papá: ¡Sí! ¡Muy bien! Te lo has ganado. Tano.
    Ahora di la palabra entera…

M. P.: Tanotanotano… caca.

[Llegado este punto, papá hunde la cabeza entre las manos y se rinde. Donnie y Bert miran a M. P. con el pulgar levantado.]

Hermanos cuarto y tercero: Donnie y Bert. Los pongo juntos porque trabajan en equipo. Cuando ves a uno, puedes estar seguro de que el otro no anda lejos. Bert hace guardia mientras Donnie comete el crimen.

Mamá pegaba etiquetas en las cosas que se suponía que Donnie y Bert no podían tocar.

El helado tenía pegado: NI TOCARLO.

En el cacao en polvo: NO TOCAR, y...

SI ABRES ESTO, SERÁ MEJOR QUE LLEVES GUANTES PORQUE PUEDO TOMARTE LAS HUELLAS DACTILARES Y TE SEGUIRÉ LA PISTA, decía la etiqueta pegada en la lata de pastel.

Este último mensaje pretendía ser también una lección de lectura además de una advertencia. Mamá antes era profesora.

Ella intentó esconder el pastel en el armario, pero Donnie y Bert treparon por las estanterías

como si fueran monos. Al final, mamá se vio obligada a envolver las galletas en hojas de lechuga y guardarlas en el maletero del coche.

Segundo hermano: Max. Soy yo. Un chico encantador y un valioso elemento en cualquier grupo. Y no lo digo yo; lo pone en mi informe escolar.

Primer hermano: Marty. Mi hermano mayor. Él sabe que el castigo por tocar siquiera a un hermano menor es una semana encerrado en el dormitorio, así que se ve obligado a inventar otras maneras de atormentarnos.

Marty suele reservar las torturas más crueles para mí. Sabe que me dan miedo los fantasmas, y por eso me gasta todo tipo de bromas macabras. Podría llenar tres cuadernos con los relatos de sus jugarretas.

Capítulo 2

Los Dientes del Capitán Crow

Pasábamos el verano nadando, construyendo balsas y metiendo cangrejos en el zapato del otro. Duncade era un lugar fantástico para que veranease un puñado de niños. Teníamos un barco, trajes de neopreno, una cabaña en un árbol y cañas de pescar. Y, aquel año, yo tenía el Baile de los Arenques, un acontecimiento que esperaba con ilusión.

El Baile de los Arenques es una disco semanal para los niños de nueve a once años. E, incluso a pesar de su estúpido nombre, yo me moría de ganas de ir, ya que me movería entre los niños mayores.

Marty ya había ido unas cuantas veces el año anterior y me había llenado la cabeza con imágenes de niños que se comportaban de manera guay y bailaban bajo un espectacular juego de luces. Incluso corría el rumor de que la banda de rock U2 haría una aparición especial.

La noche antes de la primera disco del verano, yo no pude dormir. No tuvo nada que ver con la disco. El verdadero motivo fue que Marty nos metió miedo con su historia de fantasmas favorita: la leyenda de los Dientes del Capitán Crow.

Estábamos todos metidos en los sacos de dormir en una habitación que se suponía que solo tenía dos literas, pero papá había construido tres con unas tablas viejas y cartón.

Todas las noches, Marty esperaba hasta que estuviéramos medio dormidos, y luego empezaba su historia. Cuando una persona está medio dormida es más fácil que se crea cualquier cosa.

—¿Habéis oído eso? —preguntaba—. Creo que hay alguien al otro lado de la ventana.

—Yo no he oído nada —dije, aunque sabía que Marty nos estaba tomando el pelo.

—Baba —dijo M. P., que aún estaba con la tontería esa de bebé.

Marty encendió su linterna de espía y enfocó a M. P.

—No uses ese truco de bebé conmigo, M. P.

—De acuerdo —dijo M. P., que no era tonto.

—Puede que no haya sido nada —continuó Marty mientras se enfocaba con la linterna por debajo de la barbilla, creando sombras fantasmales—. O puede que haya sido el capitán Crow que busca al niño que le plantó un hacha en la cocorota.

—Marty —protesté—. Estás asustando a los chicos.

—Queremos estar asustados —objetó Bert.

—Sí. Y no te olvides nada —añadió Donnie—. Mucha sangre y tripas, por favor.

—Vosotros lo habéis querido —dijo Marty apagando de repente la linterna y dejando la pequeña habitación en una oscuridad más negra que el sobaco de un mono.

Se quedó callado durante un momento, para que nos pusiéramos bien nerviosos, y luego empezó la historia.

—Hace más de trescientos años —empezó, con una voz grave y susurrante—, un temible pirata aterrorizaba los mares que rodean Duncade: el capitán Augustine Crow. El capitán Crow era el pirata más cruel, más malo y más apestoso que jamás hubiera puesto el pie sobre la cubierta de un barco.

Nosotros imaginábamos al capitán Crow un poco parecido a Marty, pero con barba.

—Crow y su banda de piratas atraían a los barcos hacia las rocas apagando la lámpara del faro de Duncade y encendiendo otra más abajo en las rocas. Los barcos viraban a estribor de la lámpara de los piratas y se dirigían directamente hacia los arrecifes, donde les aguardaban Crow y sus hombres. Saqueaban los buques varados, lo cargaban todo en su barco, el *Salomé*, y zarpaban rumbo hacia su escondrijo. Algunas noches en que el botín era extraordinariamente sustancioso, los piratas apilaban su tesoro en lo alto de las rocas que sobresalen del mar cuando la marea está baja. Cuando la lámpara de los piratas enfocaba las rocas, brillaban y centelleaban en la noche como los dientes de oro en la boca del propio Crow. Aquellas rocas se conocían como...

—Los Dientes del Capitán Crow —susurré.

—¿Pipí? —dijo M.·P.

Marty encendió la linterna.

—Te lo advertí.

M. P. dejó de chapurrear como un bebé.

—Quiero decir, ¿puedes esperar un minuto mientras voy al baño?

—Un minuto. ¡Y date prisa!

M. P. bajó de la litera triple y corrió hasta el pequeño váter de la caravana. Apuesto a que se

paró para darle un rápido abrazo a mamá y así poder aguantar el resto de la historia.

—Una tormentosa noche de invierno —continuó Marty cuando M. P. volvió a estar enfundado en su saco de dormir—, el *Salomé* echó el ancla en el cabo de Duncade. Crow y treinta de sus colegas más malos desembarcaron en botes de remos. Estaban de mal humor y armados hasta los dientes con espadas, cuchillos y sierras.

—¿Sierras? —preguntó Donnie. Aquello era nuevo.

—Sí, sierras. Para cortar cualquier cosa que encontraran en el naufragio. Cualquier cosa o a cualquier persona...

M. P. se estremeció de miedo y todo el sistema de literas tembló.

—Los piratas tomaron el faro sin disparar un solo tiro, después encendieron su propia lámpara de señales en otra roca. Aquella roca se empapó de tanta maldad bucanera que hoy las gaviotas ni siquiera se acercan a ella. Y cualquiera que se sienta en ella nota una sensación fría y malvada en el trasero.

Me froté el trasero. Era cierto. Una vez me atreví a sentarme en aquella roca y se me quedó dormido toda una semana.

—Al cabo de una hora, un barco mercante, el *Lady Jacqueline*, apareció por el horizonte y puso rumbo hacia el cabo de Duncade, o eso pensaban ellos. Pero la luz que usaban para orientarse era la falsa lámpara de los piratas, de modo que el piloto encalló en las crueles rocas de Duncade.

No era difícil imaginarlo, con el viento susurrando en la ventana y el mar golpeando las rocas a menos de dos minutos de allí.

—El capitán Augustine Crow y sus compinches abordaron el barco, aullando, con las espadas en alto, y con mechas ardientes que les ahumaban las barbas. Encerraron a todos los pasajeros y a la tripulación en un camarote y arramblaron con todo

lo que pudieron. El mismísimo Crow derrumbó
la puerta del capitán, pues en su caja fuerte es
donde siempre se guardan las mayores riquezas.
Dentro del camarote encontró, no al capitán, sino
a un grumete que se había refugiado allí dentro.

»Crow bajó la vista para mirarlo con sus ojos negros como cuentas y dijo: "Bien, bien, bien, ¿qué tenemos aquí?".

»El chico no respondió, en lugar de eso sacó la mano que escondía tras la espalda. En ella tenía una pequeña hacha con la que hacer astillas para el fuego.

»Crow soltó una terrible y malvada risotada.

»"Mirad esto, colegas", dijo a los piratas que estaban a su espalda. "Este niño nos va a disputar el botín."

»Mientras Crow hacía su chiste, el grumete lanzó la pequeña hacha. Crow miró hacia atrás justo a tiempo para que el hacha se le clavara en la coronilla. Al caer al suelo, Crow dijo: "Eso es lo que yo llamo un grumete".

Marty hizo una pausa, y nadie dijo una palabra. Aquello era una buena señal. Si nos hubiéramos aburrido, le habríamos bombardeado con preguntas estúpidas solo para molestarle. Por

ejemplo: ¿Tenía alguna mascota el grumete? Si no había preguntas significaba que todo el mundo estaba enganchado.

—Sus colegas llevaron a Crow al barco, y el cirujano, que era carnicero de oficio, le echó un vistazo a la herida. «Si sacamos esa hacha, se le saldrá el cerebro al capitán», declaró. Así que se la dejaron dentro. El herrero del barco la pulió hasta que solo quedó una esquirla de metal. Brillaba en la cabeza del capitán como si fuera una media luna.

»Crow despertó después de diez días de una fiebre de caballo, y sus primeras palabras fueron: "¿Dónde está ese niño?". Los piratas no lo sabían. En su prisa por rescatar al capitán, nadie había pensado en buscar al grumete.

»Los piratas regresaron a Duncade, pero el dinero no pudo comprar información sobre el misterioso grumete. El capitán Crow estaba furioso. Por culpa de aquel niño, estaba condenado a sufrir un espantoso dolor de cabeza para siempre, y quería vengarse.

»Durante el resto de su vida, Crow removió cielo y tierra en busca del niño que le había herido tan gravemente, y quince años más tarde, cuando el ejército localizó su escondite, las últimas palabras de Crow antes de que los cañones redujeran su fortaleza a añicos fueron: "Volveré a por ese grumete".

—¿Cómo sabes tú cuáles fueron sus últimas palabras? —preguntó Bert—. ¿Cómo podría alguien saberlo, si su fortaleza había estallado en añicos?

Marty estaba preparado para que alguien le hiciera esa pregunta.

—Hubo un superviviente, Johnny el Puntero. Un pirata con solo un dedo, que se ganaba la vida limpiando las bocas de los mosquetes.

—Bien hecho —dijo Bert satisfecho.

—Y por eso dicen que el espíritu del capitán Crow vaga por el cabo. Y cada vez que las rocas conocidas como los Dientes del Capitán Crow brillan debajo del agua cuando sube la marea, es que su fantasma está allí, buscando al grumete. Y si encuentra a un niño de la misma edad vagando por las rocas a altas horas de la noche, se lo lleva con él a su barco fantasma.

Bert hizo la pregunta que yo no quería oír.

—¿Cuántos años tenía ese grumete?

Marty movió la linterna y apuntó con ella directamente hacia mi cara.

—Tenía nueve años. Max, ¿conoces a alguien que tenga nueve años?

Tragué saliva. Conocía a alguien: a mí.

CAPÍTULO 3

El Baile de los Arenques

Al día siguiente, interrogué a papá sobre los Dientes del Capitán Crow.

—¿Alguna vez has visto las rocas iluminadas, papá? ¿Cómo en la historia de los piratas?

Papá y yo estábamos sentados en el muro del muelle pescando salmonetes, unos peces que suelen merodear por la boca de la dársena.

Papá recogió hilo.

—¿Sabes una cosa, Max?, las vi una vez cuando era niño. Toda la hilera iluminada exactamente como un puñado de dientes de oro justo por debajo de la superficie. Entonces la gente pensaba realmente que el capitán Crow había vuelto, y a ninguno de los niños se nos dejaba pasear cerca de las rocas, por si acaso nos secuestraba.

—Pero ¿ibais de cualquier modo? —A veces los niños hacen cosas que se supone que no deben hacer.

Papá sonrió.

—Un grupo de niños se escabulló hasta las rocas esa misma noche.

—¿No tenías miedo?

—Yo sí, yo estaba muerto de miedo —admitió papá—. A decir verdad, nunca llegamos hasta los Dientes del Capitán Crow. Uno de los chicos se dio media vuelta y echó a correr, y el resto le seguimos. ¿Te lo imaginas?, creíamos de verdad que el viejo capitán Crow estaba allí fuera esperándonos.

—¿Y qué es, si no es el capitán Crow?

—Fosforescencia —dijo papá.

—¿Fosfores... qué? —le pregunté.

Papá separó la palabra.

—Fos-fo-res-cen-cia. De vez en cuando, diminutos animales fosforescentes son perturbados por las olas, y eso les hace brillar en la oscuridad. Es ciencia, no tiene nada que ver con fantasmas, pero creo que prefiero la explicación de los dientes del pirata.

Yo no. Yo prefería la ciencia. Los científicos no saltan fuera del mar y arrastran a los niños hasta su barco fantasma.

—¿Y con qué frecuencia ocurre esa fosfores-cencia?

—¿En esas rocas? Casi nunca. Yo solo la he visto una vez en mi vida.

Bien, pensé. Casi nunca. E incluso aunque su-ceda, es solo ciencia. Nada que ver con los pira-tas, solo ciencia.

Papá sonrió.

—Claro que los científicos no lo saben todo.

Tragué saliva.

—¿Qué quieres decir?

—Bueno, ¿a ti qué es lo que te suena más rea-lista? ¿Criaturas microscópicas que comen luz del sol y eructan luz?, ¿o montañas fantasmales de te-soros de piratas?

—¿Criaturas microscópicas? —dije esperan-zado.

—Tal vez para ti, pero yo prefiero la teoría de los piratas. —Papá abrió mucho la boca y soltó una larga risotada fantasmal—. ¡Voto a bríos!

Sabía que estaba bromeando, pero no lo encontré divertido. Ningún niño de nueve años lo encontraría divertido.

La tarde de la gran disco había llegado. Marty y yo nos duchamos y nos pusimos gomina en el pelo. Era la primera vez que usaba gomina y me sentía como si llevara un gorro de caracoles. Tenía ganas de cepillármelo y quitármelo, pero Marty me dijo que molaba.

—No querrás ser el raro —dijo—. Todos los demás niños llevarán el pelo de punta. Y a las niñas les encanta el cabello así.

Me estudié en el espejo del cuarto de baño. Tenía la cabeza como la de alguien que se hubiera pegado un gato aterrorizado en ella.

—¿Estás seguro de que esto mola?

—Claro —dijo Marty, añadiendo otra gota a su propia cabeza—. Si yo lo hago es que sí.

Donnie, Bert y M. P. nos estaban esperando cuando salimos del lavabo. Se rieron tanto que tembló toda la caravana.

—Caca cabeza —dijo M. P. con esa voz suya de bebé.

—¡Esto mola! —protesté.

—Vamos, vamos, chicos —dijo mamá—. No les hagas caso, Max. A las chicas les encantan los chicos que cuidan su aspecto.

—A Max le encantan las chicas —canturrearon Bert y Donnie meneando sus traseros delante de mí, que en lenguaje de los signos significaba alguien a quien le gustan las chicas.

—¡Mamá! —me quejé—. Me están moviendo el trasero.

—¡Fuera! —dijo mamá a mis tres hermanos pequeños—. Llevaos vuestros traseros a otra parte.

Los chicos se fueron moviendo el trasero.

Mamá se dirigió a nosotros.

—Antes de que os vayáis, vosotros dos, sentaos un momento.

«Vosotros dos» éramos Marty y yo. Nos apretujamos en uno de los asientos que había en un lado de la mesa de la caravana. Mamá y papá se apretujaron en el otro.

—Así que el gran día ha llegado —nos dijo papá—. Los dos arenques salen a bailar.

Marty levantó la mano.

—Disculpadme, padres, a mí ya me soltasteis el rollo el año pasado. ¿Puedo irme?

—No. Hay personas que necesitan oír las cosas dos veces.

—¿Y qué se supone que significa eso?

—Está bien, a ver, ¿cuántas veces te hemos dicho que no comas cosas del suelo? Y sin embargo conseguiste romperte un diente con ese chicle. ¿Tienes idea lo que cuesta esa funda de diente?

Marty sabía cuando estaba vencido, así que suspiró hondo y se aposentó para el sermón.

—Esta noche estamos depositando nuestra confianza en vosotros dos —dijo mamá—. Os vamos a dejar que vayáis los dos solos en bicicleta a un sitio.

—No es como si nos fuéramos al fin del mundo, mamá —dijo Marty—. El baile está solo un poco más abajo siguiendo la carretera hasta el pueblo. Puedes verlo desde aquí si te subes al techo de la caravana.

—Esa no es la cuestión —dijo papá—. No creo que nos pasemos la noche despiertos, subidos al techo, esperando a que volváis a casa.

—Y no vamos a estar solos. Seremos muchos.

Papá miró a mamá y luego a Marty.

—Creo que será mejor que os acompañemos en coche.

—¡No! —gritó Marty—. No podemos llegar con nuestros padres. Eso lo estropearía todo. Me portaré como un adulto, de verdad. Miraré las noticias en la tele antes de ir. ¿Queréis hablar de las elecciones?

Papá levantó las manos.

—Vale, vale, pero esto es una prueba. El baile acaba a las diez. Os daré treinta minutos para volver a casa. Si para entonces no habéis llega-

do, iré a buscaros en coche con vuestros pijamas, los de los ositos, y me aseguraré de que todo el mundo los vea.

Marty abrió la boca horrorizado.

—¡No serías capaz!

Papá sonrió.

—Tal vez sí, tal vez no. Esperemos que no tengáis que averiguarlo.

Mamá me pasó una hoja de papel que había arrancado de su cuaderno.

—Lee esto —me ordenó.

Leí las palabras en voz alta.

—«Nosotros, Marty y Max, aceptamos la res... respon...»

—«Responsabilidad» —dijo mamá.

—«Responsabilidad, que nos han dado nuestros ma... mara...»

—«Maravillosos padres.»

—«Maravillosos padres. Y si rompemos alguna de las siguientes reglas, nos meteremos en

tal lío que la felicidad que sentimos en este momento parecerá un bonito sueño.»

—«Un bonito sueño» —repitió papá—. Me encanta este trozo. ¿Y cuáles son las reglas, Max?

Seguí leyendo.

—«Regla número uno: directos a la disco y directos a casa. Sin hacer el tonto por el camino.»

—¿No confiáis en nosotros? —dijo Marty poniendo cara de traicionado.

Papá ni se molestó en contestar.

—Regla número dos, Max.

—«Regla número dos: quedaos en la carretera. No pongáis un pie en las rocas.»

—¿Y si lo hacéis?

—Si lo hacemos, la próxima vez que nos dejéis salir ya tendremos nietos.

—¿Eso es todo? —dijo Marty—. ¿Dónde he de firmar?

—¿Los dos entendéis estas reglas tan sencillas? —preguntó mamá—, ¿o tenemos que repasarlas otra vez? Por cierto, Max, bien hecho, has leído muy bien.

Marty rebullía de impaciencia.

—Ya lo hemos captado, ¿podemos irnos ya? Nos vamos a perder el baile. Se me va a aplastar el pelo.

Mamá se plantó delante de nosotros.

—Muy bien, dejadme que os eche un vistazo. —Nos inspeccionó concienzudamente—. Bonitos dientes. Este pelo es de locos, pero se supone que está de moda. Al menos la gomina aleja los piojos.

Papá nos dio dos euros a cada uno.

—Para patatas fritas y un refresco.

Marty examinó sus monedas.

—¿Y se puede saber por qué a Max le dais una moneda de dos euros y a mí me dais dos monedas de un euro?

—Es lo mismo.

—No, vosotros sabéis que no es lo mismo. Si fuera lo mismo, a los dos nos daríais una moneda de un euro.

—¿Y cuál es la diferencia?

—La diferencia es que una moneda de dos euros es mejor que dos monedas de un euro —explicó Marty, como si fuera obvio.

Yo quería que nos pusiéramos en marcha ya.

—Toma, lleva tú la moneda de dos euros.

Marty se burló de mí.

—No puedo recibirla de ti. Me la tiene que dar papá porque yo soy el mayor.

Marty era el niño de diez años más cabezota de Irlanda. No daría su brazo a torcer aunque nos perdiéramos el baile.

Le di la moneda a papá.

—Papá, ¿le puedes dar esto a Marty?

—Lo que sea para tener la fiesta en paz —dijo papá, dándole la moneda a Marty.

Marty se metió la moneda en el bolsillo.

—Vale —dijo—. Montemos, es hora de ponerse en marcha.

Nuestros tres hermanos nos habían preparado una canción de despedida. Se habían colocado en fila fuera de la caravana y se pusieron a bailar meneando el trasero en cuanto aparecimos por la puerta.

—A Max le gustan las chicas —canturreaban—. A Max le guuustan las chicas.

M. P. les acompañaba, haciendo gugú en lugar de seguir la letra.

—¿Por qué no os metéis con Marty? —les pregunté.

M. P. me susurró al oído, por si mamá o papá estaban escuchando:

—No somos tontos —me dijo.

No era cierto. No me gustaban las chicas. Tampoco me gustaba demasiado bailar. Lo había intentado en el minúsculo lavabo de la caravana y había tirado dos rollos de papel higiénico al váter. Iba al Baile de los Arenques porque todos mis amigos irían y podría quedarme despierto hasta más tarde. Quizá ni siquiera tuviera que bailar.

Subimos a la bici y tomamos el camino. Solo teníamos una, así que, como hermano pequeño, yo iba detrás de paquete.

Marty se esforzaba en pillar todos los baches que había hasta el salón de baile.

—¡Uy!, lo siento —decía cada vez por encima del hombro—. Espero que no te haya dolido.

No podía hacer nada más que aguantarme y esperar que todos aquellos baches no me hicieran peor bailarín de lo que ya era.

Marty comprobó el faro de delante.

—Estará oscuro cuando volvamos a casa. No me gusta ir en bici por esa carretera en la oscuridad. Quién sabe qué podría estar escondido detrás de los arbustos.

—Olvídalo, Marty —dije—. No me asustas con las historias del capitán Crow. Los niños tal vez se traguen esas cosas, pero yo no.

—Es muy fácil ser valiente ahora que hay luz. Ya veremos si crees en el capitán Crow más tarde, en la oscuridad.

Marty es realmente un experto dando miedo a la gente. Incluso en una soleada tarde de verano podía hacerme pensar en que más tarde, cuando oscureciese, yo volvería a creer en el fantasma del capitán Crow.

Cuando llegamos al salón de baile de Duncade, había mucha gente dentro. Conocía a la mayoría. Niños y niñas del pueblo y algunos del grupo de veraneantes de Dublín.

Marty entró por la puerta como si fuera el rey de la disco, y luego siguió avanzando guiñando el ojo a las chicas y pegando puñetazos en el brazo a los chicos.

—¿Dónde está el espectáculo de luces? —le pregunté a mi hermano.

—Allí —respondió Marty, señalando una tira de luz púrpura que colgaba desde el techo. Ni siquiera estaba encendida.

—¿Es eso?

Marty soltó una risita.

—¿Qué esperabas? ¿Luces láser súper guays
—Todos sus amigos se partieron de risa.

Yo estaba frito. Otra vez me la había jugado.
¿Cuándo iba a dejar de tragarme sus bolas?

De repente Marty se quedó boquiabierto.

—¡Mira, U2!

—¿Dónde? —exclamé.

—En tus sueños —dijo Marty, luego se rió hasta que le dolieron las mandíbulas—. Esto es demasiado fácil.

Yo no tenía un aspecto tan molón como creía, y las cosas parecían empeorar. Un hombre mayor se subió a un pequeño escenario y dio unos golpecitos en el micrófono.

—Buenas noches, arenques —dijo el hombre. Era el señor Watt, el cuidador del faro de Duncade—. Bienvenidos al baile. Bueno, sé que algunos de vosotros sois nuevos en esto y tal vez os sintáis un poco tímidos. Así que preparaos para un Paul Jones.

¿Un Paul Jones? ¿Qué es un Paul Jones?

—¿Qué es un...?

Pero solamente pude llegar hasta ahí, porque Marty me cogió de la mano y tiró de mí por todo el salón, mientras aullaba como un lobezno enloquecido. Alguien me cogió la otra mano. Era uno de los demenciales amigos de Marty. También estaba aullando.

—¿Qué es un Paul Jones? —grité por encima de los aullidos y los pataleos.

—Hacemos dos círculos —me contestó el amigo de Marty entre aullidos—. Los chicos en el de fuera y las chicas en el de dentro. Cuando para la música, bailas con la chica que está en frente de ti.

¿«Bailas con la chica que está en frente de ti»? Yo no quería bailar con una chica.

El señor Watt encendió un pequeño reproductor de CD y sujetó el micrófono encima del altavoz. La música de baile irlandesa llenó el recinto.

Marty corría alrededor del salón, dando saltos al son de la música. La cadena humana se hacía cada vez más larga hasta que todos los chicos se hubieron unido a ella. En la parte interior, de cara a nosotros, se había formado un círculo de chicas. Y ahora Marty estaba al nivel del último chico de nuestra fila, así que también nosotros formábamos un círculo. Los chicos iban en una dirección y las chicas en otra. Vi a otros primerizos en los círculos. Parecían tan nerviosos como yo.

El señor Watt se inclinó hacia el micrófono.

—Cuando pare la música, coged a vuestra pareja de la mano para bailar un vals a la antigua usanza.

Pasábamos zumbando a toda velocidad hasta que me daba vueltas la cabeza. Las chicas aparecían como destellos, todo dientes y pelo. Pensé que me iba a marear.

La música paró. Marty y su amigo me soltaron las manos y corrieron a reclamar a sus parejas. ¡Ahora lo entendía! Cuando paraba la música, tenías que bailar con quien tuvieras delante.

Levanté los ojos hacia la chica que estaba delante de mí. Me sacaba más de un palmo, y no le gustaba que le hubiera tocado un novato.

—¿Qué te ha pasado en el pelo? —dijo señalando mis púas llenas de gomina.

Bueno, tengo cinco hermanos, así que estoy más que acostumbrado a capear insultos.

—¿Qué te ha pasado en la cara? —le solté.

La chica cerró la mano y me dio un puñetazo en el hombro. Era de los que dolían. Cuando se me pasó el dolor, se había largado. Corrí hasta el lavabo de los chicos y me escondí hasta que acabó el vals.

Salí del lavabo justo a tiempo para ser abducido para otro Paul Jones. Esta vez, la chica con la que acabé me echó un vistazo y empezó a llorar.

—¿Por qué a mí? —lloriqueaba— ¿Por qué a mí siempre me tocan los bichos raros?

Luego sacó un teléfono móvil del bolsillo y llamó a su madre para que la fuera a buscar.

En el tercer Paul Jones, la niña simplemente hizo como si yo no estuviera. Miró a través de mí y suspiró hondo.

—Bueno, supongo que tendré que sentarme durante este baile —dijo saliendo a toda prisa de la pista de baile.

Daba la impresión de que nadie quería bailar con el nuevo. De hecho, nadie quería bailar con ninguno de los nuevos. Todos los niños de nueve años se quedaban sin pareja, de modo que nos agrupamos junto a la puerta, rezando para que dieran las diez. Solo unos pocos Paul Jones más y seríamos libres.

¡No caería esa breva!

Cuando faltaban diez minutos para las diez, el señor Watt se puso un parche negro en el ojo y

gruñó en el micrófono con un acento de pirata televisivo.

—¿Tenemos a algún chico de nueve años por aquí esta noche? —preguntó.

Yo no, pensé. Yo no voy a admitir que tengo nueve, ni siquiera a un falso pirata.

Pero una vez más, Marty estaba allí para meterme en líos.

—Aquí hay uno —gritó levantándome la mano—. Acaba de dejar los pañales.

Me aparté de un tirón, pero era demasiado tarde; me habían visto.

—Arrrrrrg, joven. Anda, ven aquí, al medio de la pista.

Yo no quería ir, pero Marty me ayudó con un fuerte empujón. Llegué a trompicones al medio de una sala de baile repentinamente vacía. No estuve solo mucho rato. Otros niños de nueve años me acompañaron, traicionados por sus hermanos o hermanas. Nos apiñábamos como conejos asustados rodeados por lobos.

El señor Watt debió de notar que estábamos algo asustados, porque volvió a poner su propia voz.

—No hay de qué tener miedo, chicos. Es solo un poco de diversión. ¡De diversión de miedo!

Entonces apagaron las luces normales y encendieron la luz púrpura del techo, pero no iluminaba la sala. En cambio, destacaba unos inmensos y luminosos murales en los que no me había fijado antes. Eran pinturas de piratas sedientos de sangre con dientes de oro, espadas y mosquetes. Resultaban amenazadores, parecían a punto de abalanzarse sobre nosotros.

Los de nueve años casi nos caímos del susto. El resto de los chicos aplaudía salvajemente.

—Jugamos a este juego cada año con los recién llegados —continuó el señor Watt—. Es una cosita que nos gusta llamar...

—¡LA ELECCIÓN DEL CAPITÁN CROW! —gritaron los demás niños, que debían de llevar esperando aquello toda la noche.

—Eso es —dijo el señor Watt—. El que gane este jueguecito será coronado como la elección del capitán Crow, y ganará un fabuloso premio. Las reglas son muy sencillas. El capitán Crow ha perdido algo muy preciado para él y quiere que vosotros lo encontréis, pero debéis hacerlo totalmente a oscuras. Cuando empiece la música, todos los niños de nueve años empezaréis a buscar por el suelo.

—¿Y qué buscamos? —preguntó el chico que estaba a mi lado.

El señor Watt se rió a carcajadas.

—¡Ah, ya lo sabréis cuando lo encontréis! Venga, los chicos y las chicas más mayores sentaos junto a la pared y animad a vuestros favoritos.

—¡Yo no quiero jugar! —grité, pero la música ya había empezado y nadie me oyó.

La música era una espeluznante canción pirata que los demás chicos parecían saberse de memoria.

«Quince hombres en el cofre del muerto...
¡Yo jo jo, y una botella de ron!»

«Esto no es un juego —pensé—. En realidad esto es una tortura.»

Por encima de mi cabeza, los piratas de las pinturas parecían moverse ligeramente, la sala vibraba con la música y los pataleos, y los de nueve años chocábamos entre nosotros tratando de encontrar lo que fuera que el capitán Crow había perdido.

«Esto es una locura —pensé—, yo me largo de aquí.»

Me puse de rodillas, y me arrastré fuera del grupo. Además de la luz púrpura, solo había otra luz encendida. Estaba en una caja con letras rojas. Las letras decían S-A-L-I-D-A. Esa era mi meta. Parecía un camino terriblemente largo.

Corrí por el suelo, intentando no hacer caso del chicle usado que se me había pegado en las manos ni de los charcos de cola que me estaban empapando los tejanos. A juzgar por los alaridos de delirio que oía detrás de mí, el resto de los niños de nueve años estaban disfrutando de lo lindo con aquel juego, pero yo no quería ser la elección del capitán Crow, aunque fuera en broma.

Los demás niños gritaban y gritaban, diciendo a los de nueve años donde tenían que buscar, pero yo los ignoré. Lo último que quería hacer era encontrar lo que el capitán Crow había perdido.

«Sigue avanzando hacia la salida —me dije a mí mismo—. Ya casi has llegado.» Entonces mi mano aterrizó encima de algo, o mejor dicho dentro de algo. Y ese algo estaba mordiéndome los dedos.

—¡Aaah! —grité poniéndome de pie—. ¡Una rata!

—¡Ajá! —dijo la voz del señor Watt en mi oreja—. Creo que tenemos un ganador.

Las luces parpadearon hasta encenderse y vi que tenía una dentadura de broma de esas que funcionan con cuerda pinzada en mis dedos. Los dientes estaban pintados de dorado.

El señor Watt había estado esperando junto a los dientes a que alguien tropezara. Me levantó la mano como si fuera un campeón de boxeo.

—Max ha encontrado los dientes del capitán Crow. ¡Y reclama el premio!

Premio. Podría llevarme el premio. Al fin y al cabo había encontrado los dientes.

El señor Watt me arrastró tras él hasta el escenario. Allí abrió un cofre de juguete y empezó a vestirme con un traje de pirata. Primero un parche en el ojo y una camisa. Luego una espada. Me ató un fajín negro alrededor de la cintura y acabó con un sombrero con las dos tibias y la calavera.

—¿Dónde está mi premio? —pregunté.

—Lo llevas puesto —dijo el señor Watt, y volvió al micrófono—. Demos un fuerte aplauso a Max, el grumete oficial del capitán Crow.

Todos aplaudían como si fuera afortunado por ser un grumete fantasma. Yo no me sentía afortunado. ¿Y si Crow oía los aplausos y venía a ver qué era aquel alboroto? Y si tenía que elegir a un grumete, ¿a quién elegiría? Al que llevaba el disfraz de pirata, seguro.

Capítulo 4

En las rocas

Marty me esperaba fuera junto a la bici después de la disco. No estaba solo. Había una chica sentada en el portapaquetes. ¡Mi portapaquetes! Para mi horror, me di cuenta de que era la misma chica que me había dado el puñetazo en el hombro durante el primer Paul Jones.

Tiré del hombro de Marty hasta que su oreja estuvo a la altura de mi boca.

—¿Qué está haciendo en el portapaquetes? —susurré—. Dile que se baje. Tenemos que irnos.

Debemos estar en casa a las diez y media, ¿recuerdas?

Marty suspiró y me pasó el brazo alrededor de los hombros.

—Esto va así, Max: la guapa Margaret me ha pedido que la lleve hasta el pueblo.

—Pero, es una chica —le dije entre dientes—. No queremos salir con chicas. Y además, me dio un puñetazo.

Marty sonrió.

—¿En serio? Uau. Me gusta esta chica.

—Papá dijo que a las diez y media, Marty, o no volveríamos a salir solos nunca más.

—Estaremos a las diez y media. No hay problema.

Yo tardaba un poco en captarlo.

—Claro que hay un problema. No te dará tiempo para dejar a Margaret en casa y luego venir a buscarme. Tenemos que librarnos de ella.

—¿Qué has dicho? —preguntó Margaret.

Yo me escondí detrás de Marty.

—Nada. Antes solo estaba bromeando con lo de tu cara. Es adorable. De verdad.

—Tienes razón —dijo Marty—. No me dará tiempo de ir y volver dos veces. Por eso tendrás que ir a casa por las rocas y encontrarte conmigo en la puerta.

Yo me eché a reír.

—Pensé que habías dicho que tendría que ir a casa por las rocas.

Marty sonrió.

—Buen tío. Sabía que lo comprenderías.

Yo estaba patidifuso.

—¡Marty! ¿Estás loco? No puedo ir por las rocas. «Regla número dos: no pongáis un pie en las rocas.» Firmamos un contrato.

Marty ya iba de camino hacia la bici.

—Mamá y papá nunca lo sabrán. Puedes quedarte aquí y los dos nos meteremos en un buen lío, o acortar por las rocas y llegar a casa a tiempo.

Cogí a Marty por el brazo.

—Pero y el...

—¿Capitán Crow? ¿Dime que no ibas a decir «capitán Crow»? ¿No me digas que crees que va a venir a buscarte, solo porque tienes nueve años y encontraste los dientes?

Claro que aquello era exactamente lo que estaba a punto de decir, pero entonces no podía hacerlo.

—Claro que no. Eso es solo una tonta historia de fantasmas. Es solo que las rocas están oscuras de noche, y no hay luna.

Marty miró hacia arriba con condescendencia.

—Vale, nenita, toma esto. —Sacó la linterna que hacía de faro de la bicicleta y me la dio—. Y quédate en el camino de casa.

Eso tenía gracia. Consejos de seguridad de la persona que me hacía ir por las rocas.

—Marty, por favor.

—¿De qué te preocupas? Tienes una espada, ¿no?

¡Una espada! La espada de juguete que había ganado era de cartón y no asustaría ni a una mosca, y mucho menos al fantasma de un pirata. Pero sabía que no tenía sentido seguir discutiendo con Marty. Cuando decide algo, no hay manera de hacerle cambiar de opinión.

—Te veré en treinta minutos —dije, encendiendo la linterna—. En la puerta.

Marty subió a la bici.

—Será mejor que estés allí, porque, si no estás, le diré a papá que encontraste novia y que no vas a volver a casa.

—¡Eso no es justo! —grité a la bici que se alejaba—. ¡Odio a las chicas!

—¡Oye!, ¿qué es lo que has dicho? —preguntó Margaret.

—¡Odio a las chicas! —grité, corriendo por el camino enlodado que llevaba hasta las rocas—. Y a ti más que a todas las demás juntas.

El camino de regreso a casa por las rocas era mucho más corto que la carretera, pero también era mucho más peligroso. Había peñascos, charcos y sombras en las que se podía esconder cualquier cosa. Y, por supuesto, estaban los Dientes del Capitán Crow. Aquella noche había marea alta, así que los Dientes del Capitán Crow debían de estar ocultos bajo dos metros de agua.

Corrí tan rápido como me atreví. Debes tener cuidado con las rocas, sobre todo de noche. A veces las algas crecen justo encima del sendero y, si pones un pie donde no es, puedes resbalar hasta el agua. Conocía aquellas rocas bastante bien, pero no tanto como para correr por encima de ellas de noche. Nadie las conoce tan bien.

A cada paso que daba, pensaba en el capitán Crow. Todo eran patrañas, tenían que serlo. Yo no creía en los fantasmas, sobre todo en los que tienen dientes de oro y cazan grumetes de nueve años. De todos modos, deseé tener diez o incluso ocho, cualquier edad menos nueve años.

Quería quitarme el disfraz de pirata, pero sabía que si lo hacía sería como admitir que el capitán Crow había encantado las rocas. Así que me lo dejé puesto, salvo el parche del ojo. Caminar por el sendero rocoso con un solo ojo habría sido una estupidez.

Sabía el nombre de cada roca por la que pasaba. Tira Blanca, Pico de Gaviota, Punta Bacalao. Las siguientes eran los Dientes del Capitán Crow. Cuando diese la vuelta a la punta, no brillaría nada en el agua. Absolutamente nada. E incluso aunque brillase, sería la fosforescencia, no los dientes del pirata, pero no habría nada. Seguro que no.

Enfoqué la linterna de la bici hacia el sendero que tenía delante. Si mantenía los ojos fijos en el camino, ni siquiera vería las rocas. No es que importase que viera las rocas, porque solo eran rocas, pero no miraría. Por si acaso.

Pero lo hice, no pude evitarlo. Dejé que mis ojos se posaran en el agua solo un momento. Y ese momento fue lo bastante largo como para ver el resplandor fantasmal que brillaba bajo las olas.

Un fulgor dorado. Los dientes. No bromeo. El agua brilló por un instante como si hubiera una media luna clavada en el fondo del mar.

Me quedé petrificado.

No podía ser cierto. No era posible. Toda aquella charla sobre el capitán Crow hacía que mi imaginación me gastara una broma pesada. Cerré los ojos y conté hasta cinco.

«Adiós, fulgor —pensé—. Encantado de haberte conocido.»

Pero cuando abrí los ojos, el agua volvía a destellar, una gran media luna hecha de un millón de pequeñas media lunas doradas.

—¡Fuera! —grité—, ¡piérdete!

Es ridículo, lo sé, gritar al océano, pero estaba dispuesto a intentarlo todo.

—Solo eres una fosforescencia —rugí al destello—. Nada que ver con dientes, así que no te tengo miedo.

No era cierto, pero no quería que el capitán

Crow lo supiera. En realidad, estaba aterrorizado. Me quedé allí plantado con mi disfraz de pirata, temblando ligeramente. Marty tenía razón.
Era más fácil creer en los fantasmas de noche.

«Sigue caminando», me dije a mí mismo.

Lo único que tenía que hacer era seguir caminando. Ya podía ver las luces de Duncade delante de mí. En dos minutos llegaría al pueblo; en cuatro minutos estaría en la cama.

«Camina —me ordené a mí mismo—. Cami-

na, idiota. Es fácil. Llevas haciéndolo desde que tenías un año y medio.»

Pero no podía andar. Lo único que podía hacer era mirar el agua, y esperar otro destello.

«¡Oh, muy bien! Si el capitán Crow ha vuelto, entonces te encontrará aquí esperándole. Y si

es fosforescencia, entonces te encontrarán a ti mañana. Tieso de frío. ¡Camina!»

Así que me puse a caminar, al principio despacio, luego acelerando el ritmo. No era tan difícil. Ya me iba recuperando. Muy pronto conseguiría echar una carrera.

—¡Fosforescencia! —volví a gritar, solo por si el capitán Crow no me había oído la primera vez.

Ahora caminaba más deprisa, intentando no hacer caso del océano. Los destellos habían cesado por el momento; tal vez nunca estuvieron allí.

Mientras caminaba, murmuraba quejas para matar el tiempo.

—Estúpido Marty y su estúpida bici. Estúpido Baile de los Arenques. Estúpido Paul Jones. Y estúpida Margaret. ¿Qué le pasaba a mi pelo? ¿Qué le pasaba a su cara?

Cuando se me agotaron las quejas, me distraje cantando una canción.

—A Max le gustan las chicas. A Max le guuustan las chicas. —Era muy pegadiza, de verdad.

Iba yo muy contento cantando solo cuando oí
el ruido. El ruido que nunca olvidaré. Era una
voz horrible que gemía, gruñía y llegaba desde la
costa.

—¡Maaax!

Intenté fingir que solo había sido un ruido y
no una voz que me llamaba por mi nombre. Tal
vez había una vaca cerca con un problema de ven-
tosidades, pero luego recordé que no había vacas

encima de las rocas. Habrían tropezado en la capa de caliza.

—¡No te acerques! —grité—. ¡Tengo una espada!

La voz volvió a llamarme y esta vez era claramente una voz.

—¡Maaaaaax!

Y era claramente mi nombre. Las fosforescencias no hablan. Era el capitán Crow que había vuelto a por su grumete. ¿Cómo podía estar sucediendo?

—¡No fui yo! —grité a la noche—. Yo no te clavé el hacha. Es solo una confusión de identidad.

A los fantasmas probablemente no les importan las confusiones de identidad. Un niño de diez años es tan bueno como otro.

—Además solo tengo ocho años, en serio. —Tenía los dedos cruzados al decir eso.

—Veeen aquíííííí, grumete.

Claro, pensaba que yo era un grumete. Iba vestido de pirata.

—No, no. Te equivocas. Es solo un disfraz. Mira, esta espada es de cartón —Cogí la hoja y la partí en dos—. ¿Lo ves?

—Túúú eres mi grumete. Veeen conmiiigo.

Yo no sabía qué hacer. El fantasma del capitán Crow me reclamaba para su barco. Tenía dos opciones. Podía alejarme corriendo u obedecer la orden del capitán. Si corría, lo más probable era que me cayera en un respiradero o que el capitán Crow me persiguiera flotando por el aire. Si tenía que perseguirme, seguramente me daría todos los trabajos más duros del *Salomé*. Tal vez, si obedecía su primera orden, me lo pusiera más fácil.

—¡Aquíííííí! —gritó el pirata—. Date prisa.

—Ya voy, señor capitán —dije.

Apunté la linterna de la bici hacia la voz, intentando descubrir una forma entre las sombras de las rocas, pero la negrura se arremolinaba alrededor del haz de luz como si fuera pintura, y lo único que podía ver era la oscuridad recortada por los arrecifes.

Salí del camino y me dirigí hacia la roca.

—Hola, señor capitán. ¿Qué tal la cabeza? Mi mamá tiene montones de paracetamol, si me deja que vaya corriendo a casa…

—Túúúúúú nunca volverás a veeer tu casa. Túúú eres el elegido.

Por un momento me dio más fastidio que miedo. El señor Watt y su estúpido juego.

—Era solo un juego. Era una dentadura de cuerda. Una dentadura de broma.

Y justo entonces, una mano salió de la oscuridad, a la luz de la linterna, y me cogió por la camisa. Fue el momento en que he pasado más miedo de toda mi vida. Estaba más asustado que el día en que tenía tres años y me di cuenta de que mis brazos eran un poco peludos. Marty me dijo que me habían adoptado de una familia de monos y que cualquier día volverían a buscarme.

—¡Fuera! —grité, apartándome, pero la mano me había agarrado muy fuerte.

—Te estaba esperando —dijo la voz del capitán Crow.

Yo empecé a balbucear.

—Siento llegar tarde. Estaba en el Baile de los Arenques. Es una disco juvenil para niños de nue-

ve a once años. Fui con Marty. Solo tenemos una bici, así que yo iba de paquete. Luego hicimos eso que llaman Paul Jones. Se supone que la chica tiene que bailar contigo, pero no lo hacen si no les da la gana, pero probablemente ya sabrá todo eso.

—¡Cállate! —gritó Crow—. Debes venir conmigo de vuelta al mar.

En aquel preciso instante, el mar resplandeció y chisporroteó como si se hubieran prendido unos fuegos artificiales submarinos.

—¡Aaah! —gritó el capitán Crow, con una voz mucho menos intimidatoria—. ¡Los dientes! ¡Los dientes!

El capitán Crow me soltó la camisa y su brazo desapareció en la oscuridad. Aquello era muy extraño.

Oí ruidos como de bofetadas y gruñidos debajo de mí. Parecía como si el capitán Crow se hubiera quedado atascado entre las rocas, pero

seguramente los fantasmas no podían quedarse atrapados.

—¡Oiga!, ¿capitán Crow? —dije tímidamente—. ¿Va todo bien?

Agucé las orejas por si oía una respuesta, aunque no estaba seguro de querer una. Al cabo de un rato oí un ruido, como el romper de una ola pequeña o un suspiro.

—Max, necesito ayuda —dijo una voz en la oscuridad—. Sácame de aquí, son casi la media.

Era extraño. ¿Por qué se iba a preocupar el capitán Crow de que fueran casi las diez y media? Solo había dos personas a quienes debía preocupar eso. Una era yo, y la otra era...

Alumbré con el faro la plataforma de roca, hasta el rostro de la persona que estaba en la base...

—¡Marty! —dije—. Tú no eres un pirata.

Durante un momento estuve encantado, pero no duró. Me percaté de lo que estaba sucediendo en realidad, y me enfadé mucho y muy deprisa.

—¡Tú planeaste todo esto! ¡Esto es otro de tus trucos!

Marty tenía aspecto de culpable, pero había algo más. Le pasaba algo en la boca. Tenía algo diferente.

—¡Oh, Marty! Te has quitado la funda del diente.

—Lo sé —dijo Marty con mucho pesar—. Me la he tragado.

—Te está bien merecido. Esconderte detrás de las rocas fingiendo ser el capitán Crow. ¿Cuánto le has pagado a Margaret?

—Dos euros.

—¿Dos euros? ¿Solo por fingir que la acompañabas a casa?

—Sí.

Sentí ganas de dejar a Marty allí, pero no podía. Era mi hermano y, si no llegábamos los dos a casa a las diez y media, nos castigarían y daba igual quién tuviera la culpa.

Iluminé el cuerpo de Marty con la linterna. Estaba metido en una pequeña grieta y solo asomaba la cabeza. Embutido como un corcho en una botella, con la bici a su lado. Debía de estar loco, circular todo el camino sin luces. Y todo para gastarme una broma.

Le cogí del brazo libre y tiré, no muy fuerte.

—Lo siento pero estás muy atascado.

Marty palideció tanto que casi resplandecía en la noche.

—Tienes que sacarme de aquí. Los dientes del capitán Crow están brillando. ¿No los has visto?

«Es solo fosforescencia», debí decirle, pero no lo hice.

—Vi el destello, pero estás aquí embutido. Iré a buscar a papá.

—Por favor, Max. Crow me cogerá. No me dejes aquí, somos hermanos.

Marty parecía tan asustado que no podía enfadarme con él. Le volví a coger del brazo y tiré hasta que mi hermano salió del agujero.

Subimos como pudimos por el saliente rocoso arrastrando la bici. Volví a poner la linterna
en la bici, y seguimos deprisa la luz hasta el pueblo. Marty no dijo nada, pero miraba por encima del hombro cada pocos segundos. Se relajó
un momento cuando llegamos al pueblo, luego
empezó a preocuparse por mamá y papá.

—Estoy muerto —dijo—. ¿Sabes cuánto ha
costado la funda de este diente? Y la he perdido.

Me reí.

—No la has perdido. En realidad, probablemente la recuperarás en uno o dos días. Tal vez puedas pegártela con pegamento. —Levanté la bici—. Venga, vamos. Ya hablaremos más tarde, si decido volver a dirigirte la palabra.

Por una vez, Marty hizo lo que alguien le decía que hiciera, sin discutir.

Capítulo 5

Diez y veintinueve y cuarenta y ocho segundos...

Papá estaba mirando su reloj cuando aparecimos por la puerta.

—Diez y veintinueve minutos y cuarenta y ocho segundos —Levantó la vista para mirarnos—. ¡Oh, chicos!, ya habéis vuelto. No os esperaba hasta las once.

—Ja, ja, ja, papá, muy divertido —dije.

Marty no dijo nada porque trataba de esconder el diente.

—¿Qué tal el baile? —preguntó mamá.

Normalmente, el hermano mayor, Marty hacía el informe, pero ahora me tocaba a mí.

—Horrible —dije—. No pienso volver jamás. El viejo señor Watt esperaba que bailásemos con chicas.

—¿Y con quién has bailado, Max?

Eché un vistazo a Marty. En condiciones normales no habría desperdiciado la oportunidad para chincharme, pero tenía que mantener la boca bien cerrada.

—Con nadie en especial. Creo que la semana que viene paso de ir.

—¿Y tú, Marty? ¿Te lo has pasado bien?

Marty asintió.

—Ajá.

Mamá empezaba a sospechar.

—¿Solo eso? Ajá, ¿sin quejas? No te habrás metido en líos, ¿verdad cielo?

Marty sacudió la cabeza esta vez y luego se desperezó como si estuviera muy cansado.

—Marty está muy cansado —expliqué—. Creo que se ha agotado haciendo el baile de la gallina. Al menos así fue como él lo llamó. Todos los demás chicos se rieron tanto de él que uno hasta vomitó. El señor Watt dijo que Marty era el peor bailarín que había visto en su vida. Dijo que mirar a Marty bailar era como mirar un caballo intentando montar una bicicleta.

Miré a Marty, desafiándole a que me contestara, pero no lo hizo.

Entonces mamá cerró el libro que había estado leyendo.

—Vamos, vamos, Max. No le chinches. Es hora de que os vayáis a la cama, los dos.

Marty salió pintando hacia el pequeño dormitorio de la caravana antes de que le pudieran pedir un beso. Yo le seguí, tiré la ropa en el suelo y subí a la cama.

Intenté dormir, pero no podía porque Marty daba vueltas y vueltas en su litera, haciendo temblar todo el dormitorio. Por fin dejé de intentarlo y di una patada a la cama de Marty hasta que encendió su linterna y bajó.

—¿Qué te pasa? —le pregunté.

Marty me miró como si estuviera loco.

—¿Que qué me pasa? Casi nos pilla el capitán Crow y ¿tú me preguntas que qué me pasa?

Me tapé la sonrisa con la mano. Marty aún pensaba que el resplandor submarino había sido obra de fantasmas.

—Yo lo vi, Max. No fue cosa de mi imaginación. Estaba escondido detrás de las rocas y, cuando me asomé para asustarte, vi el resplandor de los dientes.

—Creíste que el capitán Crow venía a buscarte —susurré.

—Es que venía.

Una parte de mí estaba feliz de ver a Marty probar una ración de su propia medicina, pero sabía que aquello le rondaría durante el resto de las vacaciones de verano.

—¿No sabes que el resplandor es solo fosforescencia?

Marty frunció el ceño.

—¿Fosfores… qué?

—Fosforescencia. Minúsculas partículas que resplandecen cuando el mar las molesta. Nada que ver con piratas. Es solo ciencia. ¡Idiota!

Marty subió y bajó las cejas mientras su cerebro pasó de la incredulidad al alivio, y luego al fastidio. Me miró con el ceño fruncido.

—Podías habérmelo dicho antes.

—Estaba demasiado ocupado asustándome de alguien que fingía ser un pirata.

Se puso en pie para subir a su litera, luego se frenó.

—Esta noche, cuando pensabas que el capitán Crow era real, ¿estabas asustado de verdad?, ¿de verdad, de verdad?

—Sí —admití.

—Yo también —dijo Marty en voz baja, solo por una vez—. Es una sensación horrible.

—Sí, lo es —dije yo.

Marty me tendió la mano.

—Haremos un trato. Como esta ha sido una mala pasada, no más bromas durante el verano.

Reconocía un buen trato en cuanto lo oía.

—De acuerdo —dije estrechándole la mano.

Marty consiguió mantener su promesa durante cuatro días enteros, luego me convenció de que me estaba quedando calvo. Pero cuatro días era más de lo que yo esperaba conseguir.

Cuando Marty se hubo ido a la cama esa noche, sentí que me quedaba directamente dormido. Era curioso, pero saber que Marty se había asustado de los dientes del capitán Crow me hizo sentir mejor. Era tal como papá había dicho: fosforescencia. Casi nunca sucede. Y yo tenía la suerte de haberla visto.

A la mañana siguiente, M. P. dejó el chapurreo de bebé. No lo hizo a propósito. Lo hizo porque tenía información demasiado valiosa para desperdiciarla. M. P. se levantó pronto, como siempre. Y, como siempre, envolvió la nariz de todos con un calcetín sucio, porque aún estaban dormidos.

Cuando le tocó el turno a Marty, Marty medio abrió un ojo y dio un gran bostezo.

—Yaaaaaarrrrrr —bostezó.

Lo cual habría estado bien, salvo porque enseñó todo el frente de dientes. Todos salvo uno de ellos.

—¡Marty se ha vuelto a romper el diente! —gritó M. P. hablando perfectamente—. ¡Mamá, papá, Marty se ha roto el diente! ¿Sabes lo que cuesta esa funda?

Salté de la cama rápidamente. Tenía ganas de ver cómo salía Marty de esta.

ÍNDICE